웃는 얼굴 좋아서

푸른사상 동시선 19

웃는 얼굴 좋아서

인쇄 · 2014년 10월 24일 | 발행 · 2014년 10월 31일

지은이 · 홍희숙
펴낸이 · 한봉숙
펴낸곳 · 푸른사상
주간 · 맹문재 | 편집 · 지순이 | 교정 · 유정희

등록 · 1999년 7월 8일 제2-2876호
주소 · 서울시 중구 충무로 29(초동) 아시아미디어타워 502호
대표전화 · 02) 2268-8706(7) | 팩시밀리 · 02) 2268-8708
이메일 · prun21c@hanmail.net / prunsasang@naver.com
홈페이지 · http://www.prun21c.com

ISBN 979-11-308-0293-0   04810
ISBN 978-89-5640-859-0   04810 (세트)

값 10,000원

푸른사상
동시선

19

웃는 얼굴 좋아서

홍희숙 동시집

푸른사상
PRUNSASANG

따뜻한 밥상을 앞에 놓고 모인 가족들, 상상만 해도 참 행복한 마음이 듭니다.

밥상을 가만히 들여다보다가 신기하게도 산과 들, 바다의 향기를 다 맡았습니다.

과일과 싱싱한 채소들. 그것들은 우리 밥상까지 오는 데 얼마나 오랜 시간이 걸렸을까!

밭에서 바로 차를 타고 우리 집으로 오는 것도 아니랍니다.

씨앗이 뿌려질 때부터 비바람 견뎌내고 때로는 목마름도 견뎌가며 자랐겠지요.

무엇이든 쉬운 일 없듯이 이 동시들도 오랜 시간을 지나 천천히 제게로 왔습니다.

동시집 한 권, 저는 이 동시집을 따뜻한 밥상에 비유하고 싶습니다. 밥상이 차려지기까지 아주 소소한 것들이 재료가 되어주었습니다. 작은 풀잎과 나무들, 동시라는 주제를 두고 이야기를 나눌 수 있었던 사람들, 편하게 앉아 쓰게 해준 의자, 책상, 컴퓨터와 책들이 모두가 제게는 씨를 뿌리고 가꾸는 일의 소중한 배경이었습니다.

예쁜 그림을 그려준 어린 친구들, 제게 소중한 보물입니다. 함께할 수 있어서 행복했습니다.
모두 함께할 수 있는 따뜻한 밥상 같은 동시 많이 쓰겠습니다.

2014년 시월 어느 날
홍희숙

제1부 한 알의 과일 속에

제2부 네모와 동그라미

제3부 송이, 라는 이름

제4부 **대추 빨간 엉덩이**

벌레에게 이 한 알의 과일은 우주이다.

제1부

한 알의 과일 속에

작은 눈으로

어항 속
열대어 새끼들
꼬물꼬물

몸이 작아
두 점만 동동

작은 눈으로
세상 구경한다.

고기들
넓은 바깥 구경하고
사람들
어항 속 들여다보고.

최효원(구미 금오초 1학년)

약속

지난해

은방울꽃
피었던 자리

올해도
새싹 돋아나

조금만 기다려 달라며

새끼손가락
살짝 구부렸다.

괜찮다

엄마한테 혼날 때
"괜찮다"
말려주시고

시험 성적 나쁜 날
"괜찮다"
토닥여주시던

할머니
돌아가시자
내 귀에는
한참 동안
"괜찮다, 괜찮다"

메아리 울렸다.

한 알의 과일 속에

사과를 깎는다.

자르는 순간
깜짝 놀랐다
벌레가 지나간 길
여러 군데 나 있다.

벌레는 과일 속에다
집 짓고 알 낳고
행복하게 살아갈 길
만들고 있었나 보다.

넓은 땅, 일구며
부지런히 일한 것 같다.

벌레 먹은 과일이 달다고
먹어보라 하지만
벌레에게

이 한 알의 과일은
우주이다.

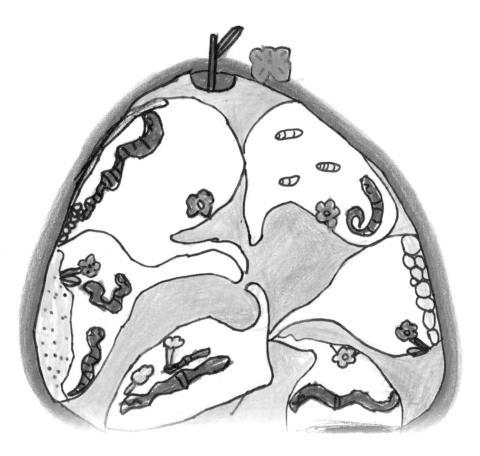

최지안(구미 분도유치원)

비 오는 날

강아지가
고인 빗물에
폴짝거리며 놀고 있다.

축 늘어져 있던
나무들
쫑긋
귀 세우며 일어난다.

아프던 것들
모두 링거주사 맞는다.

최효정(구미 금오초 1학년)

파리가 싹싹

시골 가서
잠시 열어놓은
자동차 안으로
파리 한 마리
날름 올라타고
도시로 왔다.

창문 열고
나가라 해도
싫다며 버티더니

다음 날
차 문 열자
싹싹 빌며
제발, 있던 곳에
데리고 가 달란다.

고민하다가

옮기려다 흘린
쌀 한 톨
쓸어버릴까 주울까
고민하다가

쌀 보내주신
할아버지 할머니
시골 마당에
쪼그리고 앉아

떨어진 알곡
한 알 한 알
종일 줍고 있다 생각하니
나도 얼른
주울 수밖에.

깊숙한 속

흙이 씨앗 안아 키우고
물이 고기 안아 키운다.

화분의 흙과
물속은
그리 깊지 않아서
재어볼 수 있지만

나를 안아 키운
부모님 속,

너무 깊고
너무 넓어서
자로 잴 수 없다.

허서영(구미 금오초 1학년)

꼬집는 신발

어떤 길이든 함께 가주고

추운 겨울
따뜻한 방에서
편하게 잘 때도
밖에서 기다려주고

딱딱한 공
뻥 차서
골인하던 순간도
혼자 해낸 일인 양
의기양양했었다.

내 발 감싸주다
몸에 난 상처들 많은데
버리고
새 신발 신었더니
나무라듯 꼬집는다.

권시아(구미 금오초 2학년)

주전자

큰 입으로
벌컥벌컥
들이켠 물
쪼르르
따라내다니
나랑 똑같네.

밥상 위에 핀 꽃

콩나물 무침
된장찌개
시금치 무침
도라지 무침

가만히 들여다보니
꽃, 뿌리, 열매
식탁 위에 다 모여
향기 풍긴다.

밥상 위는
환한 꽃밭이다.

가방 속

내 가방 속엔
필통
노트
책이 살고

엄마 가방 속엔
우리 집 살림이 살고

아버지 가방 속엔
우리나라
경제가 살고

박태혁(구미 금오초 1학년)

말

나는 가끔
입술로만 말해서
친구에게 상처를 준다.

마음 깊은 곳에서
나오지 않는 말

친구의 마음속으로
들어가지 못한다.

성다영(구미 금오초 2학년)

꽃은 줄기 따라 올라왔다.

제2부

네모와 동그라미

네모와 동그라미

동그라미는
어떤 일에도
중심 잘 잡고 서 있는
네모가 부럽고

네모는
모서리 세우지 않고
동글동글 예쁜 마음 가진
동그라미가 부럽습니다.

둘이 서로 기대고
나란히 서면
든든한 친구 됩니다.

장다혜(구미 천사유치원)

할머니 집

할머니 돌아가시고
덩그러니
빈 집만 앉아 있다.

숙제 많다고
학원 간다고
자주 가지 않았는데

내가 밉지도 않은지
돌아가신 후에도

사진 속에서
환하게 웃으시고
마당 한쪽 감나무엔
발간 감도 달아두었다.

마음 옷

예쁜 옷
비싼 옷 좋지만

그것들
나를 포장하는
포장지 같아.

예쁜 마음으로
나를 감싸면

세상 어디에도
그보다 좋은 옷
없을 거야.

좋은 일 나쁜 일

머릿속은
지식 가득 차면 좋고
저금통엔
동전 가득 차면 좋다.

쓰레기통엔
쓰레기 가득 차면
나쁜 일

쓰레기통은
배고파야 좋은 일

좋은 일

신승민(구미 금오초 2학년)

옷걸이

약한 몸으로
무얼 할 수 있겠어!
생각했는데

무거운 옷 입고도
잘 참아주는
고마운 어깨.

김현기(구미 형일초 1학년)

차이

나는 할머니를
'할매'라 부르고
친구는 할머니를
'할머니'라 부른다.

차이가 무엇일까
곰곰 생각해보니

나는 할매와
함께 살고,
친구는 할머니와
떨어져 산다.

다리

강 위로 놓인
다리 위로
사람과 차들이 오간다.

이쪽과 저쪽
이어주는 다리

다리는 언제나
문을 활짝 열어둔다.

벌초

벌초하는 날
봉분 위 웃자란 풀
베어내기 시작하자

푸드덕
놀란 새 달아나고
메뚜기 튀어나온다.

할머니
살아계셨더라면
나를 저렇게 품으셨겠지!

돌아가신 후에도
많은 것
품어 키우고 계셨네.

권연우(구미 금오초 3학년)

봄이 보글보글

산에도
길에도
빨간 꽃
무더기로 피었다.

여기저기서
봄이
보글보글
끓어오른다.

독서

책 읽다가 보면

가장 넓은 곳
가장 높은 곳
가장 깊은 곳 만난다.

때로는 잘못한 나
따끔하게 꾸짖는
방에도 들어갔다가 나온다.

책이라고 말하다
채찍을 느꼈다.

초록 모자

산이
초록 모자 썼다.

요기조기 올라온
작은 새싹들
끼리끼리
몸 부풀리고
힘 보태어

초록 실로
커다란 모자 만들어
씌워주었다.

49

장미가 먼저

옆집 차가
우리 집
골목 막았다고
어른들
한 뼘 땅으로
다투는 사이

우리 집 장미
옆집으로 가
먼저 손 내밀었다.

줄기는 길이다

꽃은
줄기 따라 올라왔다.

줄기는 꽃에게 길이다.

사람들,
꽃 보면서
줄기는 생각하지 않는다.

장다혜(구미 천사유치원)

잎 대신 열매 대신 소리를 주렁주렁 달았다.

제3부

송이,라는 이름

잠자리

얇은 천으로
한 땀 한 땀
곱게 기워 입은
날개옷 찢어질까

아주 천천히
조심조심
가장 높은 곳 찾아
살며시 앉는다.

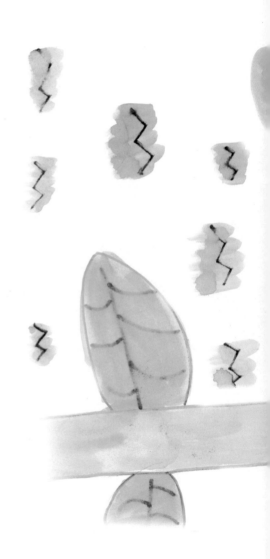

강민주(구미 금오초 3학년)

송이, 라는 이름

작은 꽃잎들
하나하나 모여서
커다란 꽃이 되었다.

흩어지면

꽃송이라는
예쁜 이름 달 수 없다.

가지는 뿌리와 닮았다

다 따 먹고 남은
포도, 빈 가지
가만히 들여다보니

땅속에 묻혀 있는
뿌리와 닮았다.

나와 부모님이 닮은 것처럼.

가을 나무

언제
준비해뒀는지
나무가
나보다 먼저
예쁜 옷으로
갈아입었다.

김정윤(구미 금오초 1학년)

59

곰보 재떨이

퀴퀴한 냄새만
안고 살아도
씻겨주기만 하면
반짝이며 웃던
할아버지 재떨이

잘못한 일 없어도
곰방대에 탕 탕 탕
하도 두들겨 맞아
온몸은 상처투성이

할아버지 돌아가시자
혼자
시골집 마루 밑에
웅크리고 앉은
곰보 얼굴.

그림자

내 친구 중에
네가
제일 조용해.

멍! 멍!

함부로 우리 집에
들어오지 마
멍! 멍!

외출했다 돌아오는 가족들
잘 다녀오셨나요?
멍! 멍!

고 짧은 언어로
얼마나 많은 말 하고 있는지

오늘도
우리 집 개는
멍! 멍!

커다란 집
종일 혼자 지킨다.

최나린(구미 금오초 3학년)

하늘 꽃밭

아무도
씨 뿌리지 않았는데
몽실몽실 구름꽃 피고
밤이면
반짝반짝
별꽃 돋아나고
파란 흙 속에서
봄, 여름, 가을, 겨울
싹트고
꽃피는
울타리 없는
하늘 꽃밭.

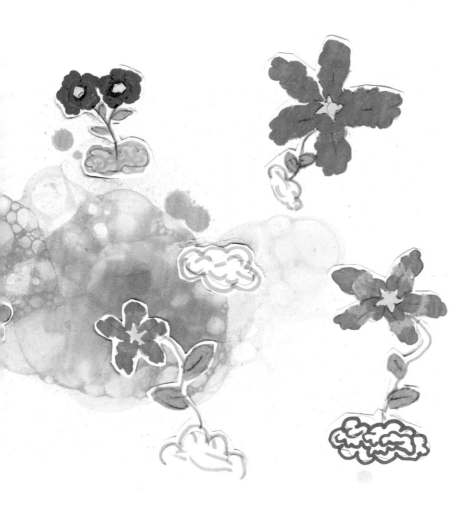

김채원(구미 금오초 3학년)

할머니의 그림

아침 일찍
밭으로 나가
모종 심고 물 주며
종일 그림 그립니다.

우리 할머니,
도화지는 남새밭
붓은 호미입니다.

넓은 교실에
그리는 사람
달랑 한 명,

혼자서도 열심히
그림 공부 합니다.

장바구니

엄마 손잡고
시장 다녀온 장바구니
무얼 얻어먹었는지
배가 볼록하다

잠시 후

허기져 있던
내 배 볼록해지고
홀쭉해진 장바구니
힘없이 걸려 있다.

가을 마당

한쪽엔 빨간 고추
옆으로 깻단 세우고
콩 널어놓고

봄부터 키운 것들
마당에 빼곡하게
널어가며

종일 왔다 갔다
할아버지 할머니
퍼즐 맞추기 한다.

소리 나무

집 앞 큰 나무는
날이 밝아오면
매미 소리로 가득 찬다.

한여름 나무들은

잎 대신
열매 대신
소리를
주렁주렁 달았다.

여은상(구미 형일초 1학년)

69

웅크리고 있다가

춥다
춥다
말하며
밖으로 나가보았다.

빈 가지인 줄 알았는데
가지마다
작은 꽃망울 돋아 있다.

춥다는 말끝으로
봄은 가까이 와
내 말 엿듣고 있었나 보다.

이채원(구미 조은유치원)

파도가 와서 간지럼 태울 때마다 꺄르르 돌들이 웃는다.

제4부

대추 빨간 엉덩이

웃는 얼굴 좋아서

파도가 와서
간지럼 태울 때마다
꺄르르
돌들이 웃는다.

낮에도 웃고
밤에도 웃는다.

웃는 얼굴 좋아서
계속 찾아오는 파도,

많이 쓰다듬어
동글동글 몽돌.

박철(구미)

보초 서는 선풍기

자기 몸에
열이 나도 참으며
우리 가족
더위 식혀주느라
바빴던 선풍기

여름 지나고
쉬라고 옷 입혀주자
거실 한쪽에서
보초 서고 있다.

일등학원

여기도 일등학원
저기도 일등학원
친구들 모두
학원 다닌다.

그러나
시험 치고 나면

우리 반 일등
딱 한 사람

학원 다니지 않는
ㅡ내 짝꿍, 지영이!

섬

저 넓은 바다에
섬 하나 없다면
얼마나 막막할까

긴 글에
쉼표 없는 것처럼
숨이 막힐 거야

그곳의 섬

지친 새들
쉬었다 가라고
우리 아빠
낚시하라고

바다 한가운데 놓아둔
편안한 의자 몇 개.

박기범(구미 형곡초 1학년)

대추 빨간 엉덩이

대추들
엉덩이 부비며
햇볕 쪼이고 있네.

꼬물꼬물
예쁜 엉덩이들
가을볕에 익어가면

할머니는
이쁘다고
손으로 쓰–윽
쓰다듬어주시네

고것들
간지럽다고
까르르.

박철(구미)

호박씨 하나가

손톱만 한 것이
무얼 할 수 있겠어
생각했는데

커다란 호박
여러 개 달았다.

화가는

하늘에 있는
태양도 달도

끝없이 넓은 바다도
그 위의 배들도

가지고 싶다면
모두 그려서
액자 속에 가두면
자기 것이 된다.

나비 요리사

여기 팡!
저기 팡!
꽃 축제가 시작되면

팔랑팔랑
나비도 오고
멀리서 윙윙
벌도 바삐 날아옵니다.

나비와 벌은
꽃그릇 속에서
부지런히 버무리는
요리사랍니다.

임예지(구미 동아유치원)

유모차

아기가 타던 유모차

박스가 타고
빈 병이 타고 갑니다.

고물고물
고물을 보물처럼 태우고
할머니
팔러 갑니다.

대가로 받은
천 원짜리 몇 장
하루하루 모으며
유모차 타고 자라던
아이 기다립니다.

그늘 하나 샀다

따가운 햇볕 가리려고
모자 하나 샀다.

조그만 그늘 하나 샀다.

나무는 커다란 그늘 펼쳐놓고도
아무것도 달라고 한 적 없는데

눈만 가리는 모자
몇 개를 사야
나무 그늘만 할까?

껍질 속에서

나무는
껍질이 단단하고
우리 부모님은
손끝이 단단하다.

나무는
열매를 보호하려고
단단한 껍질을 만들고

우리 부모님은
우리를 보호하려고
손끝에
굳은살 박이도록 일한다.

김응현(구미 송정유치원)

불꽃 축제

참고 참았다
터트리는 폭죽

못한 말
안 한 말
하고 싶은 말

참고 참았다
후련하게
팡! 팡! 팡!

김시진(구미 금오초 2학년)

뿌리

나무의 뿌리
땅속에 있고

나의 뿌리였던
할아버지 할머니
돌아가시고
땅속에 계신다.

튼튼한 나무가
건강한 열매
많이 단 것처럼

할아버지 할머니라는
뿌리 있어 나도
좋은 열매 한 알이다.

동시 속 그림

최효원(구미 금오초 1학년)

최지안(구미 분도유치원)

최효정(구미 금오초 1학년)

허서영(구미 금오초 1학년)

권시아(구미 금오초 2학년)

박태혁(구미 금오초 1학년)

성다영(구미 금오초 2학년)

장다혜(구미 천사유치원)

신승민(구미 금오초 2학년)

김현기(구미 형일초 1학년)

권연우(구미 금오초 3학년)

문성빈(구미 금오초 1학년)

장다혜(구미 천사유치원)

강민주(구미 금오초 3학년)

김정윤(구미 금오초 1학년)

최나린(구미 금오초 3학년)

김채원(구미 금오초 3학년)

여은상(구미 형일초 1학년)

이채원(구미 조은유치원)

박철(구미)

박기범(구미 형곡초 1학년)

박철(구미)

임예지(구미 동아유치원)

김응현(구미 송정유치원)

김시진(구미 금오초 2학년)

푸른사상 동시선 19

웃는 얼굴 좋아서